Tudur Budr

Budr

Aw!

I Daniel Barrie ~ D R

I Liz a Stephen – Ein Ffrindiau
yn y Gogledd ~ A M

Cyhoeddwyd yn 2011 gan Stripes Publishing,
argraffnod Little Tiger Press, I The Coda Centre,
189 Munster Road, Llundain SW6 6AW

Teitl gwreiddiol: *Dirty Bertie – Ouch!*

Cyhoeddwyd yn Gymraeg yn 2014 gan
Wasg Gomer, Llandysul, Ceredigion SA44 4JL
www.gomer.co.uk

ISBN 978 I 84851 761 5

Cyhoeddwyd gyda chymorth ariannol
Cyngor Llyfrau Cymru.

Argraffwyd a rhwymwyd yng Nghymru gan
Wasg Gomer, Llandysul, Ceredigion SA44 4JL

Tudur Budr

Aw!

DAVID ROBERTS · ALAN MACDONALD
Addasiad Gwenno Mair Davies

Gomer

Casglwch lyfrau
Tudur Budr i gyd!

Cynnwys

PENNOD 1

'Tyrd yn dy flaen,' meddai Darren. 'Dwi'n dy herio di i'w wneud. Cyn iddo fo ddod yn ei ôl.'

Edrychodd Tudur ar y morthwyl. Mr Sarrug, y gofalwr gwallgof, oedd perchennog y morthwyl. Roedd Tudur a Darren yn ei helpu i adeiladu'r set ar gyfer cyngerdd yr ysgol. Hyd yn hyn, doedden nhw ddim wedi gwneud unrhyw beth heblaw am wrando ar y gofalwr yn grwgnach.

7

Tudur Budr

Ond doedd Mr Sarrug ddim yno ar hyn o bryd. Roedd o wedi mynd i nôl rhagor o hoelion, ac wedi gadael y morthwyl yn gorwedd ar y llwyfan.

'Pam na wnei di?' holodd Tudur.

'Am mai fi wnaeth dy herio di yn gyntaf,' atebodd Darren.

'Wel, dwi'n dy herio di'n ôl,' meddai Tudur.

'Her ddwbwl, ti mewn trwbwl, chei di ddim herio'n ôl,' canodd Darren.

Edrychodd Tudur o'i amgylch. Doedd o ddim yn un i wrthod her, ddim hyd yn oed y tro hwnnw pan gafodd ei herio gan Darren i gloi Mr Gwanllyd yn stordy'r ystafell ddosbarth. A'r cyfan roedd angen ei wneud y tro hwn oedd rhoi un tap bach gyda'r morthwyl. Faint o ddifrod allai hynny ei achosi? Roedd un hoelen yn sefyll allan, bron fel petai'n erfyn am gael ei churo. Gafaelodd Tudur yn y morthwyl a'i godi'n uchel dros ei ysgwydd.

Tudur Budr

'Gwylia beth wyt ti'n ei wneud!' llefodd
Darren, wrth ddisgyn ar ei gwrcwd i osgoi
ergyd y morthwyl.

'Wel, symud o'r ffordd 'ta,' meddai Tudur.
'Rhaid i mi gael digon o le.'

Cymerodd gipolwg o'i amgylch, i wneud yn
siŵr nad oedd neb yn ei wylio. Dyma'i gyfle.

DINC! Tapiodd yr hoelen ar ei phen.

Tudur Budr

Rholiodd Darren ei lygaid. 'Ddim fel yna! Trawa hi'n iawn.'

Cydiodd Tudur yn yr hoelen rhwng ei fawd a'i fys. Cododd y morthwyl i'r awyr cyn dod ag o 'nôl i lawr drachefn. **BONG!**

'IAWWWWW!' gwaeddodd, gan ollwng y morthwyl.

'Beth wnest ti?' gofynnodd Darren.

'DWI WEDI TARO 'MAWD! AW! OO!'

Neidiodd o un troed i'r llall fel llyffant mewn cystadleuaeth dawnsio disgo.

'SHHH!' sibrydodd Darren. 'Gwylia rhag i rywun dy glywed di!'

Roedd Tudur mewn gormod o boen i ofidio am hynny. 'AWW! AWW! AWW!' llefodd.

Daeth sŵn traed yn taranu ar hyd y cyntedd.

Tudur Budr

Brasgamodd Mr Sarrug i'r neuadd, a Miss Jones yn dynn wrth ei sodlau.

'BETH AR WYNEB Y DDAEAR SYDD YN DIGWYDD FAN HYN?' gwaeddodd Miss Jones.

'Dim, Miss,' meddai Darren.

'AWW! OOO!' llefodd Tudur, dan gydio'n dynn yn ei fawd.

Gwelodd Mr Sarrug y morthwyl ar y llawr.

'Ydych chi wedi bod yn chwarae gyda hwn?' chwyrnodd, gan ei godi.

Ysgwyd ei ben wnaeth Darren. 'Na,' meddai, 'dydw i ddim wedi'i gyffwrdd!'

Trodd Miss Jones ei golygon at Tudur. 'Wnest ti gyffwrdd y morthwyl yma?'

'Dim ond ceisio helpu o'n i!' cwynodd Tudur.

'Ro'n i'n amau!' gwaeddodd Mr Sarrug. 'Dwi'n troi fy nghefn arnoch chi am eiliad neu ddwy a dyma beth sy'n digwydd.

Tudur Budr

Mae'r bachgen yma'n un drwg. Mi ddylai gael ei wahardd o'r ysgol hon!'

'Iawn, diolch, Mr Sarrug,' meddai Miss Jones. 'Fe wnaf i ddelio â hyn.'

'AWW! AWW!' wylodd Tudur. 'Dwi'n meddwl fy mod i wedi torri 'mawd!'

'Paid â gwneud môr a mynydd o'r peth!' cyfarthodd Miss Jones. 'Gad i mi weld.'

Tudur Budr

Dangosodd Tudur ei fawd i Miss Jones. Rargian! Roedd o wedi troi'n biws ac wedi chwyddo fel balŵn! 'Dydw i ddim yn teimlo'n dda iawn,' meddai, gan droi'n welw.

Cymerodd Miss Jones reolaeth o'r sefyllfa. 'Darren, dos â Tudur i swyddfa Miss Prydderch,' gorchmynnodd. 'A Tudur, paid ti â meddwl mai dyma ddiwedd y mater hwn. Fe fydda i'n siŵr o gael gair gyda dy rieni.'

♭　　♭　　𝄾

Eisteddai Tudur wrth ddrws swyddfa Miss Prydderch yn nyrsio'i fawd clwyfedig. Roedd wedi'i lapio mewn hances bapur wlyb. Fedrai o ddim credu fod pawb yn ymddwyn mor hamddenol. Pam nad oedd rhywun wedi ffonio am ambiwlans? Cyn belled ag yr oedden nhw'n gwybod, hwyrach ei fod o ar farw!

Ar hynny, agorodd y drws a brysiodd ei fam i mewn.

Tudur Budr

'Tudur, wyt ti'n iawn?' meddai'n bryderus.

Ysgydwodd Tudur ei ben yn wan a chodi ei law.

'Dwi'n meddwl ei fod o wedi torri!' cwynodd.

'Dy law?'

'Fy mawd.'

'Wel, beth ddigwyddodd?'

'Nid fy mai i oedd o,' eglurodd Tudur. 'Dim ond ceisio helpu oeddwn i. Ond mi lithrodd y morthwyl.'

'Morthwyl!' sgrechiodd Mam. 'Beth ar wyneb y ddaear oeddet ti'n ei wneud gyda morthwyl?'

'Morthwylio,' atebodd Tudur.

'Wel, y tro nesa, *paid*. Mae morthwyl yn beth peryglus,' dwrdiodd Mam. 'Gad i mi weld.'

Yn araf a gofalus, agorodd Tudur y papur gwlyb a dangos ei fawd. Roedd o wedi chwyddo o hyd.

Tudur Budr

NID yw'r
gadair hon ar
gyfer disgyblion.
Mae hi ar
gyfer ymwelwyr
YN UNIG

Miss Prydderch
CURWCH

Rhythodd Mam. 'Ai dyna'r cyfan?'
gofynnodd. 'Roeddwn i'n meddwl ei fod yn
ddifrifol!'

'Mae o'n brifo!' meddai Tudur. 'Dwi'n siŵr ei
fod wedi torri!'

'Glywais i ti'r tro cyntaf, Tudur,' ochneidiodd
Mam. 'Wel, mae'n debyg y byddai'n well i ni
gael barn arbenigol. Tyrd, awn ni i'r ysbyty.'

PENNOD 2

Yn hwyrach y prynhawn hwnnw, roedd Tudur
yn eistedd yn ystafell aros yr ysbyty. Roedd y
lle yn orlawn o bobl. Syllodd Tudur ar ferch
fach â'i throed mewn plaster. Wrth ei hochr
roedd dyn â'i wddf mewn coler a bachgen â'i
ben yn sownd mewn sosban. Roedd pob
mathau o bobl i'w gweld mewn ysbytai.
Cymerodd Tudur gipolwg arall ar ei fawd

Tudur Budr

i weld a oedd y chwydd wedi gwaethygu.
Doedd o ddim.

Edrychodd ar y cloc. Roedden nhw wedi
bod yn aros yno ers oriau a doedd o ddim
wedi bwyta ers amser cinio. Daeth sŵn
rymblan o'i fol. Petai'n rhaid iddyn nhw aros
lawer hirach gallai lewygu o newyn. Roedd
arogl da a deniadol yn dod o'r caffi.

'Mam, ga i nôl paced o greision?' holodd
Tudur.

'Na,' meddai Mam. 'Roeddwn i'n meddwl
dy fod ti mewn poen.'

'YDW, MI RYDW I,' cwynodd Tudur. 'Ond
efallai y gwnaiff creision lwyddo i dynnu fy
sylw oddi ar y boen.'

Cododd Mam un ael ac edrych arno. 'Dwyt
ti ddim yn cael paced o greision nawr,' meddai.

Ochneidiodd Tudur. 'Beth am doesen 'ta?'

'NA, TUDUR!' brathodd Mam. 'Eistedda'n
dawel ac aros am y doctor.'

Tudur Budr

Suddodd Tudur i'w sedd. Roedd siarad am fwyd wedi gwneud iddo deimlo'n fwy llwglyd fyth. Hwyrach y gallai fynd am dro i weld beth oedd gan y caffi i'w gynnig? Cododd o'i sedd.

'I ble wyt ti'n mynd?' holodd Mam, gan sbecian dros ymyl ei chylchgrawn.

'Nunlle! Dim ond mynd i gael golwg sydyn,' atebodd Tudur.

'Wel, aros mewn man lle galla i gadw llygad arnat ti,' meddai Mam.

Roedd yna res o bobl wrth y cownter. Arhosodd Tudur yno am ychydig, yn cicio'i sodlau, yn gobeithio y byddai rhywun yn teimlo trueni dros fachgen bach llwglyd. Wnaeth 'na neb. Ar fwrdd cyfagos, sylwodd ar fowlen yn cynnwys pacedi bychain o sôs coch, mwstard ac ati. Llithrodd Tudur lond llaw ohonyn nhw i'w boced rhag ofn y byddai eu hangen yn nes ymlaen. Cododd ei ben

Tudur Budr

i weld bachgen â'i fraich mewn sling yn
ei wylio.

'Beth ddigwyddodd i ti?' holodd Tudur.

Codi ei ysgwyddau wnaeth y bachgen.
'Taro yn erbyn postyn lamp.'

'Gyda dy fraich?' meddai Tudur.

'Na, ar fy meic,' atebodd y bachgen.

'Fe wnes i daro 'mawd â morthwyl,' meddai
Tudur, yn falch. Tynnodd yr hances bapur â
balchder i ddangos ei fawd chwyddedig.

Tudur Budr

'Hy!' chwarddodd y bachgen. 'Dydi hynny'n ddim byd. Dwi wastad yn yr ysbyty. Dyma'r ail dro i mi dorri 'mraich. Dwi wedi torri pont fy ysgwydd hefyd.'

'Waw!' ebychodd Tudur, wedi'i synnu. Yr unig beth iddo ef ei dorri erioed oedd sedd y toiled yn y tŷ bach i fyny'r grisiau.

Tawelodd llais y bachgen. 'Dydyn nhw ddim yn gadael i ti aros, oni bai ei fod o'n anaf difrifol,' sibrydodd.

'Aros ym mhle?' holodd Tudur.

'Ar ward y plant.' Edrychodd y bachgen ar Tudur yn dosturiol. 'Dwyt ti erioed wedi bod yn yr ysbyty o'r blaen?'

Ysgydwodd Tudur ei ben.

'Does gen ti ddim syniad beth wyt ti'n ei golli!' meddai'r bachgen. 'Does dim raid i ti wneud unrhyw beth – dim ond gorwedd yn y gwely drwy'r dydd yn gwylio'r teledu. Dim mynd i'r ysgol – dim byd.'

Tudur Budr

Rhythodd Tudur ar y bachgen yn geg-agored. Roedd aros yn yr ysbyty yn swnio fel paradwys! Gwell o lawer na gwrando ar Miss Jones yn pregethu am oriau. Hwyrach y byddai'r ysbyty yn ei gadw i mewn am ddiwrnod neu ddau, neu am wythnos hyd yn oed? Sylwodd ar ei fam yn gwneud ystum arno i fynd i eistedd i lawr.

'Gwell i mi fynd,' meddai.

Amneidiodd y bachgen. 'Iawn. Hwyrach y gwela i di ar ward y plant wedyn?'

'Mi fydda i yno,' meddai Tudur.

Dychwelodd i'w sedd.

'Pwy oedd y bachgen yna?' gofynnodd Mam.

'Dim syniad,' atebodd Tudur. 'Dechreuon ni siarad. Mam, am ba hyd wyt ti'n meddwl y bydd yn rhaid i mi aros yn yr ysbyty?'

Chwarddodd Mam. 'Tudur, dim ond cleisio dy fawd rwyt ti wedi'i wneud!'

Tudur Budr

'Mae'n bosib fy mod i wedi'i dorri o,' atgoffodd Tudur hi.

Ysgydwodd Mam ei phen. 'Taset ti wedi torri dy fawd, mi fyddet ti mewn tipyn o boen.'

'Mi *rydw* i mewn tipyn o boen!' cwynodd Tudur. 'Ond fy mod i'n bod yn ddewr, a ddim am wneud ffws!'

'Mi wnest ti fy nhwyllo i,' meddai Mam. 'Beth bynnag, y cyfan wnân nhw fydd rhoi plaster i ti a dy yrru adref.'

Rhythodd Tudur. Ei yrru adref â phlaster yn unig? Fedran nhw ddim gwneud hynny! Beth am golli'r ysgol?

PENNOD 3

'TUDUR LLWYD?' galwodd llais cryf.

Cododd Tudur ei ben. Roedd cochen o nyrs
â chlipfwrdd yn edrych o amgylch yr ystafell
aros. Gwisgai fathodyn yn dwyn yr enw 'Nyrs
Danadl'.

'Fan hyn!' meddai Mam, gan godi.

'Dilynwch fi, os gwelwch yn dda,' meddai'r
nyrs.

Tudur Budr

Dilynodd Tudur a Mam hi drwy'r cyntedd ac i ystafell fechan lle roedd gwely, bwrdd a dwy gadair blastig. Tynnodd y nyrs y llen ac edrych yn swta ar Tudur.

'Wel, ŵr ifanc, beth wyt ti wedi bod yn ei wneud?' meddai.

'Dim,' gwgodd Tudur. 'Dwi wedi brifo fy mawd.'

'Fe wnaeth o ei daro â morthwyl,' eglurodd Mam.

'Ddim yn fwriadol,' ychwanegodd Tudur. O wrando ar bawb arall yn siarad am y peth, gallech daeru ei fod wedi cynllwynio'r cyfan.

Ysgrifennodd Nyrs Danadl rywbeth ar ffurflen. 'Gad i mi gael golwg arno,' meddai.

Gwingodd Tudur wrth i Nyrs Danadl dynnu'r hances bapur. Roedd y bawd yn biws o hyd, er ddim mor chwyddedig ag y cofiai Tudur.

Tudur Budr

'Mmm, ie, wela i,' meddai Nyrs Danadl. 'Tria ei symud o i mi.'

Siglodd Tudur ei fawd yn araf.

'AW!' gwaeddodd.

'Nawr, ceisia ei blygu am yn ôl.'

Plygodd Tudur ei fawd am yn ôl.

'AWWW!'

'Wel?' holodd Mam. 'Ydi o'n anaf difrifol?'

Gwenodd Nyrs Danadl. 'Dydw i ddim yn meddwl. Wedi cleisio'n ddrwg, dyna'r cyfan.'

'CLEISIO?' llefodd Tudur. 'Ddim wedi torri?'

Tudur Budr

'Ddim wedi torri,' meddai Nyrs Danadl. 'Ond mi ofynnaf i Dr Dos ddod i gael golwg arno hefyd.'

Roedd hyn yn swnio'n fwy gobeithiol.

'Ydi hyn yn golygu y bydd yn rhaid i mi aros yn yr ysbyty?' holodd Tudur.

Chwerthin wnaeth Nyrs Danadl. 'Na, paid â phoeni, mi fyddi di adre mewn dim o dro.'

Ac i ffwrdd â hi i chwilio am y doctor.

Gorweddodd Tudur yn ei ôl ar y gwely. Cleisio? Dyna'r cyfan? Roedd hynny mor annheg! Ar ôl yr holl boen, a'r holl ddewrder! Oedd Nyrs Danadl wedi edrych yn iawn ar ei fawd? Roedd o'n biws! Oedden nhw wir yn disgwyl iddo fynd i'r ysgol â bawd piws? Beth oedd ei angen arno oedd gorffwys yn iawn – gorffwys a gwylio cymaint o deledu ag oedd yn bosib.

'Wyt ti'n gweld?' meddai Mam. 'Ddywedais i wrthyt ti nad oedd dim i boeni amdano.'

Tudur Budr

Gwgodd Tudur. Trueni nad oedd ei fawd yn
hongian oddi ar ei law, ac yn pistyllio gwaedu
dros bob man. Trueni nad oedd o wedi mynd
yn ddrwg ac yn diferu o hylif melyn. Aros
funud . . . Estynnodd Tudur ei law i'w
boced. Yno roedd y pacedi
a galodd o'r caffi. Roedd
mwstard yn felyn. Y cyfan
oedd ei angen arno oedd
munud iddo'i hun, cyn i'r
doctor gyrraedd.

Neidiodd i'w draed.
'Rhaid i mi fynd i'r tŷ bach!'
meddai.

'Beth? Nawr?' gofynnodd
Mam. 'Fedri di ddim aros?'

'Na!' atebodd Tudur. 'Fydda i ddim dau
funud.'

Ac i ffwrdd â fo.

PENNOD 4

Erbyn i Tudur ddychwelyd, roedd Dr Dos wedi cyrraedd ac yn siarad â'i fam a Nyrs Danadl.

'O'r gorau,' meddai Dr Dos, gan rwbio'i ddwylo. 'Gadewch i mi gael golwg ar y bawd yma.'

Amneidiodd Tudur yn wan a chodi ei fawd er mwyn i'r doctor gael ei weld.

Tudur Budr

'Nefoedd yr adar!' meddai Nyrs Danadl.

Roedd bawd Tudur wedi troi'n lliw rhyfedd iawn. Roedd talpiau melynaidd yn diferu ohono i'r llawr.

'Beth ddigwyddodd?' llefodd Mam.

'Dim syniad!' cwynodd Tudur. 'Dwi'n meddwl ei fod o wedi'i heintio.'

Gwthiodd Dr Dos ei sbectol i dop ei drwyn. 'Mae o'n edrych yn rhyfedd iawn. Gadewch i mi weld.'

Syllodd yn fanwl ar y bawd. 'Gwlân cotwm, os gwelwch chi'n dda, nyrs,' meddai.

Tudur Budr

Sychodd y bawd brwnt yn ofalus ac arogli'r gwlân cotwm.

'A, ie,' meddai. 'Yn union fel roeddwn i wedi'i ofni. Mwstarditis.'

Dechreuodd Nyrs Danadl biffian chwerthin.

Cododd Tudur ei ben i edrych arnyn nhw. 'Ydi hynny'n ddrwg?'

'Drwg iawn,' meddai Dr Dos.

'Mwstarditis?' ailadroddodd Mam.

Rhoddodd Dr Dos winc fach iddi. 'Hwyrach y byddai'n well i chi aros y tu allan, tra mod i'n cael gair bach gyda Tudur.'

'Ie, wrth gwrs, rwy'n credu y dylai rhywun gael gair ag o,' meddai Mam.

Eisteddodd Tudur ar y gwely. Roedd ei dric campus wedi twyllo pawb. *Ward y plant, dyma fi'n dod!* meddyliodd. Wythnos gyfan i ffwrdd o'r ysgol!

'Fydd raid i mi aros yn yr ysbyty?' holodd yn wan.

Tudur Budr

'Am gyfnod,' meddai Dr Dos. 'Yn dilyn y driniaeth.'

Ebychodd Tudur. Triniaeth? Doedd neb wedi sôn dim am driniaeth!

'B-beth?' mwmialodd.

'Wel, mae dy fawd di wedi troi'n felyn,' esboniodd Dr Dos. 'Difrifol iawn, mwstard ulis. Yr unig opsiwn yw ei drin yn syth. Ydych chi'n cytuno, Nyrs Danadl?'

Plygodd Nyrs Danadl ei phen i gytuno, yn gwneud ei gorau glas i beidio â chwerthin.

Rhythodd Tudur ar y ddau. Y cyfan roedd o ei eisiau oedd diwrnod neu ddau o'r ysgol – nid hyn! Dychmygodd sut beth fyddai'r llawdriniaeth. Fe fyddai yna bigiad – gyda nodwydd hir. Doctoriaid mewn mygydau. Beth pe bydden nhw'n penderfynu nad oedd posib achub y bawd? Beth petaen nhw'n ei lifio i ffwrdd?

Tudur Budr

Roedd o angen ei fawd er mwyn iddo guro Darren ar y gêmau cyfrifiadurol!

Gwisgodd Dr Dos fwgwd gwyrdd.

'O'r gorau,' meddai'n fywiog. 'Beth am i ni ddechrau?'

'NAAA!' llefodd Tudur, gan lamu oddi ar y gwely.

Rhuthrodd drwy'r llenni, gan redeg heibio ei fam, a oedd yn aros y tu allan.

Tudur Budr

'HELP! ACHUBWCH FI!' ebychodd.
'Peidiwch â gadael iddyn nhw fy nal i!'

'Roeddwn i'n meddwl dy fod mewn poen
mawr oherwydd y bawd?' meddai Mam.

'Na!' atebodd Tudur. 'Edrychwch, mae'n
well!' Llyfodd ei fawd. 'Dim ond mwstard
oedd o.'

Pipiodd Dr Dos a Nyrs Danadl dan y fwlch
yn y llenni. Roedden nhw'n chwerthin ac yn
sychu eu llygaid. Ebychodd Tudur. O'r diwedd,
syrthiodd y geiniog. Doedd dim llawdriniaeth
go iawn – jôc oedd y cyfan.

'Felly,' meddai Mam. 'Mwstard, ie?'

'Ym, ie,' atebodd Tudur. 'Mae'n rhaid fy mod
i wedi llwyddo i gael peth ar fy mawd, rywsut.'

'Wir? Tybed sut digwyddodd hynny,' holodd
Mam yn sych.

'Peidiwch â phoeni,' meddai Nyrs Danadl.
'Gadewch i ni ddod o hyd i blaster i ti, ie?'

Aeth Tudur yn ei ôl i eistedd ar y gwely.

Tudur Budr

Plaster – ar ôl y cyfan roedd o wedi bod drwyddo! Roedd o wedi dweud wrth Darren ei fod wedi torri ei fawd, ac erbyn hyn byddai'r stori ar led drwy'r ysgol. Fyddai o ddim yn creu llawer o argraff yn mynd yn ôl i'r ysgol gyda phlaster bach gwirion ar ei fawd.

Edrychodd Nyrs Danadl mewn drôr. Estynnodd blaster maint stamp. Edrychodd Tudur arni.

'Esgusodwch fi,' meddai, 'tybed oes gennych chi rywbeth ychydig mwy?'

Tudur Budr

PENNOD 1

'MAE'R OLAF I NEWID YN DREWI!'
gwaeddodd Darren.

Rhuthrodd Tudur i'r caban newid a thaflu ei
fag ar y sedd. Roedd hi'n ddydd Gwener –
diwrnod nofio. Tynnodd ei ddillad, a'u gollwng
yn un pentwr blêr. Yna cododd ei fag a'i
wagio ar y llawr. Sbectol ddŵr, lliain, sebon i'r
gawod . . .

Tudur Budr

Aros funud, ble oedd ei drywsus nofio? Roedd ei galon yn ei wddf. Cododd y lliain a'i ysgwyd. Dim! Edrychodd eto yng ngwaelod ei fag. Gwag! Doedd bosib ei fod wedi … allai o ddim fod wedi gadael ei drywsus nofio gartref? Byddai Miss Jones yn siŵr o fynd yn benwan!

Lapiodd liain o amgylch ei ganol a dringo ar y sedd.

'Psssst! Eifion!' hisiodd, gan bipian dros yr ymyl i'r caban drws nesaf.

'Beth?' meddai Eifion, gan sbecian arno drwy ei sbectol ddŵr.

'Rydw i wedi anghofio fy nhrywsus nofio!' meddai Tudur.

'Dwyt ti ddim o ddifri?' holodd Eifion.

Ymddangosodd pen Darren uwchben ymyl y caban nesaf yn y rhes. 'Beth sy'n digwydd?'

'Mae Tudur wedi anghofio'i drywsus nofio,' eglurodd Eifion.

Tudur Budr

'Dwyt ti ddim!'

'Dwi WEDI!' ochneidiodd Tudur. 'Mae'n rhaid i chi fy helpu! Bydd Miss Jones am fy ngwaed i!'

Cytunodd ei ffrindiau drwy nodio'u pennau'n ddifrifol. Ychydig wythnosau yn ôl roedd Trelor wedi anghofio'i liain. Roedd Miss Jones wedi gwneud iddo redeg o amgylch yr ystafell newid ugain o weithiau er mwyn iddo sychu.

'Beth wna i?' cwynodd Tudur.

Cododd Darren ei ysgwyddau. 'Mi fydd yn rhaid i ti wisgo dy bants.'

Tudur Budr

Edrychodd Tudur arno'n hurt. 'Fedra i ddim nofio yn fy mhants!' meddai. Roedd yna dyllau yn ei ddillad isaf, a beth bynnag, roedden nhw'n edrych fel . . . wel, fel pants. Trodd at Eifion.

'Wyt ti wedi dod â phâr sbâr efo ti?'

'Pam fyddwn i'n gwneud hynny?' holodd Eifion.

'Er mwyn i mi gael eu benthyg nhw, siŵr iawn!' Ysgwyd ei ben wnaeth Eifion.

'Darren, beth amdanat ti?' erfyniodd Tudur.

'Mae'n ddrwg gen i, ond fedra i ddim dy helpu di,' meddai Darren.

Ochneidiodd Tudur yn drwm. Roedd hi ar ben arno.

Daeth sŵn curo uchel ar ddrws yr ystafell newid.

'MUNUD AR ÔL! BRYSIWCH!' rhuodd Miss Jones.

'Sori, Tudur, mi fyddai'n well i ni fynd,'

Tudur Budr

meddai Eifion. 'Rwyt ti'n gwybod pa mor flin
mae hi pan mae rhywun yn hwyr.'

'Ie,' cytunodd Darren. 'Pob lwc!'

Brysiodd y ddau allan, gan adael Tudur ar ei
ben ei hun. Suddodd i'w sedd mewn anobaith
llwyr. Yna, ymddangosodd hen wyneb hyll
yn y bwlch o dan y drws. Dyfan Gwybod-
y-Cyfan oedd yno, y person olaf ar wyneb
y ddaear yr oedd Tudur eisiau ei weld.

Tudur Budr

'O diar, Tudur, wedi anghofio dy drywsus nofio?' chwarddodd. 'Aros nes i Miss Jones glywed am hyn!' A diflannodd dan gilwenu.

Pwysodd Tudur yn ôl yn erbyn y wal. Hwyrach, petai'n aros yno, fyddai neb yn gweld ei golli, a byddai'r wers yn mynd ymlaen hebddo. Yna, gallai wlychu ei wallt o dan y tap ac ymuno â'r gweddill ar y bws.

BANG! Agorodd drws yr ystafell newid yn sydyn. Gallai glywed sŵn traed yn taranu ar hyd y cyntedd.

'TUDUR! BLE WYT TI?' atseiniodd llais Miss Jones. 'Tyrd allan!'

'Fedra i ddim,' cwynodd Tudur. 'Does gen i ddim trywsus nofio!'

Cododd Miss Jones ei llygaid ac edrych tua'r nefoedd. Pam mai Tudur oedd yn gorfod achosi'r helynt bob tro?

'Agor y drws yma!' gorchmynnodd.

Llithrodd Tudur y clo'n agored a phipian
allan, gan ddal y lliain yn dynn o amgylch
ei ganol.

'Ga i eistedd a gwylio am heddiw?'
erfyniodd.

'Ddim o gwbl!' brathodd Miss Jones. 'Mi
fydd yn rhaid i ti fenthyg trywsus nofio.'

Tudur Budr

'Dwi wedi trio hynny!' eglurodd Tudur. 'Does gan neb rai i'w benthyg i mi.'

'Yna, bydd yn rhaid i ti fynd i'r dderbynfa a gofyn iddyn nhw fenthyg pâr i ti,' meddai Miss Jones. 'A brysia. Mae pawb yn aros!'

Nodio'i ben wnaeth Tudur, cyn llusgo'i draed heibio i Miss Jones. Wrth iddo ymestyn am y drws, safodd ar ei liain.

'Tudur!' ochneidiodd Miss Jones, a gorchuddio'i llygaid.

PENNOD 2

Safai Tudur yn y Dderbynfa. Roedd y ddynes yr ochr arall i'r ddesg yn sgwrsio ar y ffôn.

'Ie? Alla i'ch helpu chi?' holodd, gan roi'r ffôn yn ôl yn ei grud o'r diwedd.

'Ym ... gallwch,' meddai Tudur, 'does gen i ddim trywsus nofio.'

'O diar!' cwynodd y ddynes. 'Wnaethoch chi ddim dod â phâr efo chi?'

Tudur Budr

'Mi wnes i ei anghofio,' meddai Tudur. 'Mae'r trywsus siŵr o fod gartref – yn fy nrôr dillad isaf.'

'Wel, chei di ddim mynd i'r pwll heb wisg nofio, mae hynny yn erbyn y rheolau,' meddai'r ddynes.

'Dwi'n gwybod hynny,' atebodd Tudur. 'Ond dywedodd Miss Jones efallai y byddai gennych chi rywbeth y gallwn i ei fenthyg?'

'Rwy'n gweld,' ochneidiodd y ddynes. Edrychodd ar ei choffi a oedd yn oeri. 'Arhoswch fan hyn,' meddai. 'Mi af i weld beth alla i ei wneud.'

Arhosodd Tudur. Teimlai gymaint o gywilydd yn sefyll yng nghanol y Dderbynfa, yn gwisgo dim ond lliain. Roedd yna ferch fach wrth y peiriant diodydd yn syllu arno. O'r diwedd, daeth y ddynes yn ei hôl yn cario bocs mawr gwyrdd a'r geiriau 'Eiddo Coll' arno. Gollyngodd y bocs ar y llawr.

Tudur Budr

'Dyma ni,' meddai. 'Does dim llawer yma, ond mae croeso i ti ddewis rhywbeth.'

Edrychodd Tudur ar gynnwys y bocs. Roedd yno rwymyn braich oren, cap nofio, bicini smotiog ac un trywsus nofio unig. Estynnodd Tudur y trywsus o'r bocs. Trywsus Speedo arian oedd o, a doedd o ddim llawer mwy na maint hances boced.

Tudur Budr

'Ai dyma'r cyfan sydd yma?' ebychodd.

Snwffiodd y ddynes. 'Mae'n edrych felly.'

'Ond, oes gennych chi ddim byd arall? Fel trywsus nofio cyffredin?'

Rhythodd y ddynes arno. 'Nid siop y'n ni!' brathodd. 'Wyt ti eisiau'r trywsus yna ai peidio?'

Nodiodd Tudur ei ben yn ddigalon. Doedd ganddo ddim dewis. Llusgodd ei draed yn ôl i gyfeiriad yr ystafell newid, gan ddal y trywsus nofio fel petai'n ferw gwyllt o chwain. Doedd o ddim eisiau i'w ffrindiau ei weld o'n gwisgo hwn! Fe fyddai'n destun sbort ymhlith y dosbarth cyfan am amser maith.

Clodd ei hun yn y caban newid, a rhoi'r trywsus nofio arian amdano. Roedd o mor hen nes bod yr elastig wedi darfod, a waeth pa mor dynn roedd Tudur yn ei glymu, doedd y trywsus ddim am aros rownd ei ganol!

Tudur Budr

Edrychodd i lawr mewn arswyd. Doedd dim ffordd y gallai wisgo'r trywsus yma.

Curodd rhywun yn galed ar y drws.

'TUDUR! BRYSIA!' taranodd Miss Jones. 'RY'N NI I GYD YN AROS AMDANAT TI!'

Griddfanodd Tudur. Agorodd ddrws y caban a sleifio allan.

Rhythodd Miss Jones arno. 'Beth ar wyneb y ddaear wyt ti'n ei wisgo?' gofynnodd.

Tudur Budr

'Trywsus nofio,' atebodd Tudur yn swta. 'Dyma'r unig un oedd ganddyn nhw!'

'Dyna ni felly, mi fydd yn rhaid iddo wneud y tro,' meddai Miss Jones. 'Clyma'r trywsus yn dynn ac i ffwrdd â ni.'

Roedd y dosbarth yn eistedd ar lan y pwll, â'u traed yn y dŵr. Pwysodd Miss Gala yn erbyn y rheilen yn ysu am gael dechrau. Roedd hi'n wraig denau a thal, ac wedi bod ar un adeg yn bencampwraig am nofio ar ei chefn.

Edrychodd pawb ar Tudur wrth iddo ddod at y pwll. Ceisiodd guddio y tu ôl i Miss Jones ond roedd yn rhy hwyr. Roedd Dyfan Gwybod-y-Cyfan wedi'i weld.

'HA HA! EDRYCHWCH AR TUDUR!' gwawdiodd.

'Dwi'n hoffi dy drywsus nofio di, Tudur!' meddai Dona gan biffian chwerthin.

'Ai trywsus nofio dy daid ydi o?' sgrechiodd Trefor.

Tudur Budr

Rhythodd Tudur arnyn nhw wrth iddo gerdded i ben draw'r rhes.

'O, Tudur,' canodd Dyfan. 'Ry'n ni'n gallu gweld dy ben-ôl di!'

Trodd Tudur yn goch llachar a gafael yn y Speedos llipa. Roedd hyn yn ofnadwy! Sut oedd o am oroesi gwers nofio gyfan heb farw o gywilydd?

PENNOD 3

Cydiodd Tudur yn dynn yn ochr y pwll,
yn crynu o oerfel. Dim ond hanner awr o'r
wers oedd wedi bod, ond roedd yn teimlo fel
oes. Doedd o prin wedi meiddio gadael
yr ochr am fod arno ormod o ofn colli ei
drywsus nofio.

Gwibiodd Dyfan Gwybod-y-Cyfan heibio,
gan dasgu dŵr i'w wyneb.

'TUDUR!' rhuodd llais.

Tudur Budr

O na, roedd Miss Jones wedi sylwi arno.

'Beth wyt ti'n ei wneud?' galwodd. 'Miss Gala, pam nad yw Tudur yn ymuno yn y wers?'

'Cwestiwn da,' meddai Miss Gala. 'Tudur, beth wyt ti'n ei wneud?'

'Dim,' atebodd Tudur.

'Wel, symud i ffwrdd o ochr y pwll. Dwi wedi dweud unwaith: dull broga am bedwar hyd y pwll!'

'Alla i ddim!' llefodd Tudur.

'Pam ddim?'

'Am fod fy nhrywsus nofio i'n syrthio wrth i mi symud!'

'Esgus gwael!' torrodd Miss Gala ar ei draws. 'Nofia!'

Ochneidiodd Tudur. Gwthiodd ei hun oddi wrth yr ochr a nofio gyda gweddill y dosbarth. NAAA! Roedd y Speedos llipa yn llithro i lawr eto! Gallai deimlo ei drywsus yn symud tuag at ei bengliniau. Ceisiodd nofio

Tudur Budr

ag un llaw, gan gydio'n dynn yn ei drywsus
nofio gwirion â'r llall. Roedd hyn yn waith
caled, am ei fod yn suddo ac yn llowcio llond
ceg o ddŵr bob hyn a hyn.

'Tyrd yn dy flaen, Tudur, rhaid i ti ddal i fyny
â ni!' gwaeddodd Darren gan wibio heibio.

O'r diwedd, llwyddodd Tudur i gyrraedd
y pen pellaf a dal yn dynn yn y rheilen,
yn ymladd am ei wynt. Dringodd Dyfan
Gwybod-y-Cyfan o'r pwll.

Tudur Budr

Brysiodd draw at Miss Gala, yn wlyb diferol.

'Miss! WWW! WWW! Mae'n rhaid i mi fynd i'r tŷ bach!' cwynodd.

Gwgodd Miss Gala. 'Fedri di ddim dal am ychydig?'

'Na! Mae'n rhaid i mi fyyyyyynd!' llefodd Dyfan, gan neidio o'r naill droed i'r llall.

'O, o'r gorau!' ochneidiodd Miss Gala, 'ond paid â bod yn hir!'

Tudur Budr

Gwyliodd Tudur wrth i Dyfan ymlwybro tuag at yr ystafell newid. Yna, mwya sydyn, cafodd syniad penigamp. Roedd o'n syniad syml, ond mor effeithiol hefyd. Byddai'n rhaid iddo weithredu'n gyflym neu fe fyddai'n siŵr o golli ei gyfle. Nofiodd Tudur i gyfeiriad y grisiau a dringo o'r pwll.

'Beth nawr?' holodd Miss Gala.

'Miss! Mae'n rhaid i mi fynd i'r lle chwech, Miss!' erfyniodd Tudur.

'Ti hefyd? Mi fydd yn rhaid i ti aros tan ddiwedd y wers.'

'Ond mae hynny'n amhosib!' meddai Tudur, gan ddawnsio o un troed i'r llall. 'Mae'n rhaid i mi fynd! RŴAN!'

Ochneidiodd Miss Gala'n drwm. 'O'r gorau. Ond paid â bod yn hir!'

Tudur Budr

Gwthiodd Tudur ddrws yr ystafell newid yn
agored. Doedd neb o gwmpas. Sleifiodd
draw at dai bach y bechgyn. Gallai glywed
Dyfan Gwybod-y-Cyfan yn hymian canu'n
dawel yn un o'r ciwbiclau. Aeth Tudur yn
nes ar flaenau ei draed. Aeth i lawr ar ei
bedwar er mwyn cael cipolwg o dan y drws.
Dyna lle roedd coesau gwynion Dyfan yn
hongian, a'i drywsus nofio coch am ei fferau.

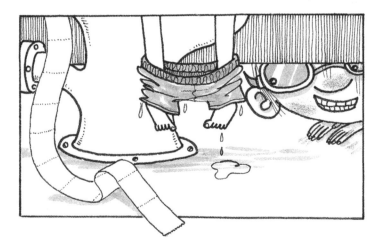

Tudur Budr

'Hmm hmm hmm!' hymiai Dyfan wrtho'i hun.

Yn araf ac yn dawel, estynnodd Tudur ei law o dan y drws.

PLWC!

Cipiodd y trywsus nofio coch a'i dynnu'n rhydd o'r coesau.

'NAAAA!' llefodd Dyfan, gan golli ei gydbwysedd a syrthio oddi ar y toiled.

Tudur Budr

'HEI! TYRD Â FO 'NÔL!' gwaeddodd.
'FI BIA FO!'

'Mae'n ddrwg gen i, Dyfan Di-Drôns!'
gwawdiodd Tudur. 'Mae arna i ei angen o!'

Curodd Dyfan ar y drws. 'Mi ddyweda i
wrth Miss!' gwaeddodd. 'Rho fo 'nôl, Tudur,
neu mi ddyweda i!'

Ddaeth dim ateb.

Yn ofalus a chan bwyll, agorodd Dyfan
Gwybod-y-Cyfan y drws a dod allan. Roedd
Tudur wedi diflannu. Y cyfan oedd ar ôl oedd
pâr o Speedos llipa'n gorwedd ar y llawr.

PENNOD 4

Yn ôl yn y pwll, ymunodd Tudur â gweddill
ei ddosbarth.

PIB! Chwythodd Miss Gala ei chwiban.
'Allan â chi! Ffurfiwch res wrth ochr y pwll!'

Dringodd Eifion allan ar ôl Tudur. 'Ble gest
ti'r trywsus nofio yma?' holodd, mewn
syndod. 'Roeddwn i'n meddwl mai un bychan
oedd gen ti.'

Tudur Budr

Gwenodd Tudur. 'Mi ddyweda i'r cyfan wrthyt ti wedyn.'

'O'r gorau,' meddai Miss Gala. 'Hoffwn i chi i gyd geisio plymio i'r dŵr, fel gwnaethon ni'r wythnos diwethaf.'

'Arhoswch funud!' Roedd Miss Jones wedi bod yn cyfri pennau. 'Mae un dyn bach ar goll,' meddai. 'Ble mae Dyfan?'

Gwgodd Miss Gala. 'Fe aeth o i'r tŷ bach, ond roedd hynny sbel yn ôl.'

Brasgamodd Miss Jones i gyfeiriad ystafell newid y bechgyn. Curodd yn galed ar y drws.

BANG! BANG!

'Dyfan? Wyt ti yna?'

Dim ateb.

'DYFAN! Tyrd allan!'

'FEDRA I DDIM!' llefodd llais.

'Nonsens! Beth sy'n bod arnat ti?' cyfarthodd Miss Jones.

'Does gen i ddim trywsus nofio!'

Tudur Budr

'Paid â bod yn wirion, roeddet ti'n gwisgo un yn gynharach. Tyrd yma'r funud hon!'

'Plîs, peidiwch â gwneud i mi ddod allan!' nadodd Dyfan.

Ond doedd Miss Jones ddim yn ddynes amyneddgar. 'Os nad wyt ti'n dod yma o fewn y deg eiliad nesaf, mi fydda i'n dod ac yn mewn i dy lusgo di allan,' rhybuddiodd.

Yn araf, agorodd y drws a daeth Dyfan Gwybod-y-Cyfan allan dan lusgo'i draed. Roedd o'n gorchuddio'i hun â lliain bach melyn.

Tudur Budr

'Pawb yn un rhes!' gorchmynnodd Miss Jones.

'Ond Miss, mae Tudur ─'

'Un rhes, ddywedais i! Rwyt ti'n dal pawb yn ôl!'

Llyncodd Dyfan Gwybod-y-Cyfan ei boer. Ymunodd â'r rhes a'i ben yn ei blu ac yna gollyngodd ei afael ar ei liain. Roedd o'n gwisgo'r Speedos arian llipa.

'HA HA!' chwarddodd Tudur.

Tudur Budr

'Hi hi! Dwi'n hoffi dy drywsus nofio di, Dyfan!' ychwanegodd Darren dan biffian chwerthin.

'DISTAWRWYDD!' gwaeddodd Miss Gala. 'Ar ganiad fy chwiban i, dwi am i chi blymio i'r dŵr. Breichiau wedi'u hymestyn, pengliniau wedi'u plygu, pennau i lawr.'

PIB!

SBLASH! SBLISH! Plymiodd y dosbarth yn fflewt i'r dŵr, fesul un. Cododd Tudur ei ben o'r dŵr, i gipio'i wynt a sychu ei lygaid.

Roedd rhywbeth yn arnofio ar wyneb y dŵr. Trywsus nofio arian. Aeth Tudur ati i'w godi o'r dŵr, cyn ei chwifio uwch ei ben yn yr awyr.

'HEI, DYFAN-DI-DRÔNS!' gwaeddodd. 'WYT TI WEDI COLLI RHYWBETH?'

Tudur Budr

CLYFAR!

PENNOD 1

Roedd hi'n fore dydd Mawrth, a Miss Jones newydd roi ei chofrestr i'r neilltu, ac estyn llythyr.

'Mae gen i newyddion da i chi,' meddai. 'Mewn pythefnos, bydd cystadleuaeth y Cwis Iau yn cael ei chynnal, ac ry'n ni am fynd â thîm o'r ysgol hon.'

Trodd y dosbarth yn welw. Ochneidiodd Tudur. O'r holl arteithiau afiach roedd

Tudur Budr

athrawon wedi'u creu, y gwaethaf oll oedd cystadleuaeth y Cwis Iau. Pedwar plentyn yn cael eu gorfodi i fynd ar lwyfan ac ateb rhestr ddiddiwedd o gwestiynau *amhosibl*: Beth yw prifddinas Gwlad Belg? Sawl munud sydd mewn pythefnos? Sillafwch 'anwybodus'.

Roedd Ysgol Gynradd Pen-cae yn cystadlu bob blwyddyn, a phob blwyddyn roedden nhw wedi colli. Y llynedd, roedden nhw wedi llwyddo i sgorio cyfanswm o ddau bwynt a hanner, gan dorri'r record am y sgôr isaf erioed yn hanes y gystadleuaeth. Roedd llun o'r tîm wedi ymddangos ar dudalen o *Papur Pen-cae* dan y pennawd 'GWERS I'W DYSGU I GOLLWYR Y CWIS!'

Roedd Miss Jones yn lloerig ar y pryd. Dywedodd Miss Prydderch eu bod nhw wedi pardduo enw da yr ysgol gyfan.

Llithrodd Tudur yn is i lawr yn ei sedd. Doedd o'n sicr ddim am fod yn aelod o'r tîm.

Tudur Budr

Byddai'n well ganddo ddawnsio i lawr y stryd fawr wedi'i wisgo fel tylwythen deg. Ond, aros funud, pam oedd angen iddo boeni? Doedd Miss Jones byth yn ei ddewis i wneud dim dros yr ysgol.

'Codwch eich dwylo,' meddai Miss Jones, 'os oes gennych chi ddiddordeb mewn bod yn aelod o dîm y cwis.'

Dim ond un llaw a gododd. Llaw Dyfan Gwybod-y-Cyfan oedd honno. *Fe fyddai o'n ddigon gwirion i wirfoddoli*, meddyliodd Tudur.

'Dyfan!' gwenodd Miss Jones. 'Ardderchog! Ro'n i'n gwybod y gallwn ddibynnu arnat ti i arwain drwy esiampl.'

Aeth Dyfan yn fwy o ben bach nag erioed.

Tudur Budr

'Pwy arall? Beth amdanat ti, Dona?' holodd
Miss Jones.

'Ymm . . .' atebodd Dona.

'Gwych!' meddai Miss Jones. 'Ac Eifion,
dwi'n siŵr y byddet ti'n dda!'

'Ym . . . wel . . . mmm,' mwmiodd Eifion.

'Campus! Dyna ni wedi cael tri aelod,'
meddai Miss Jones. 'Ac felly dim ond un bach
arall sydd ei angen i gwblhau'r tîm.' Trawodd
ei golwg ar hyd y rhesi o wynebau. Suddodd
pob aelod o'r dosbarth yn ei sedd, yn
benderfynol o geisio osgoi ei llygad. Cododd
Darren ei law.

'Beth am Tudur, Miss?' gofynnodd.

Trodd Tudur i edrych arno'n hurt. 'Fi? Wyt
ti'n gall?' Rhythodd ar Darren. Yna cofiodd
am yr hyn oedd wedi digwydd ddoe. Roedd
o wedi rhoi glud cryf ar gadair Darren, ac
roedd Darren wedi mynd ar ei lw y byddai'n
dial arno.

Tudur Budr

Gwgodd Miss Jones. 'Dydw i ddim yn meddwl bod hynny'n syniad da,' meddai. 'Ry'n ni angen disgyblion galluog a chlyfar, ac mae Tudur yn … wel, mae ei dalentau ef mewn meysydd eraill.' Roedd hyn yn berffaith wir, meddyliodd Tudur. Fo oedd pencarnpwr torri gwynt y dosbarth ac roedd o'n gallu dynwared Miss Jones i'r dim.

'Ond, Miss, mae Tudur yn wych mewn cwisiau,' taerodd Darren, gan wenu ar Tudur.

Tudur Budr

'NA, DYDW I DDIM!' llefodd Tudur.

'Wyt, mi rwyt ti!' Roedd Darren yn palu celwyddau. 'Rwyt ti byth a beunydd â dy drwyn mewn llyfr cwis.'

'Diolch, Darren, mi gofiaf i hynny,' meddai Miss Jones. Trodd at weddill y dosbarth. 'Un arall i wirfoddoli,' meddai. 'Pwy fyddai'n hoffi cynrychioli ein hysgol ni? Carwyn?'

Ysgydwodd Carwyn ei ben.

'Nia?'

Cuddiodd Nia y tu ôl i Dona.

72

Tudur Budr

'Celyn?'

Edrychai Celyn fel petai ar fin bod yn sâl.

Ochneidiodd Miss Jones yn drwm. 'O'r gorau, Tudur, rwyt ti'n aelod o'r tîm.'

'Ond, Miss . . . !' cwynodd Tudur.

'Does dim angen i ti ddiolch i mi,' ategodd Miss Jones. 'Dim ond i ti gofio, rydw i'n rhoi cyfle i ti, Tudur. Wnaeth tîm y llynedd ddim llwyddo i wneud eu hysgol yn falch ohonyn nhw. Gall eleni fod yn wahanol, oherwydd mi fyddwch chi wedi paratoi. A phan ddaw'r amser, dwi'n disgwyl i chi ennill – ydi hynny'n glir?'

Nodio'u pennau'n ddigalon wnaeth tîm y cwis. Rhythodd Tudur ar Darren. Roedd hyn mor annheg!

PENNOD 2

DRRRRRING! Canodd cloch amser cinio.
Anelodd Tudur tuag at y drws.

'Tudur!' galwodd Dyfan Gwybod-y-Cyfan.
'Cyfarfod tîm y cwis!'

Rholiodd Tudur ei lygaid a thaflu ei hun ar
gadair wrth ochr Eifion. Pwy oedd eisiau aros
i mewn yn gwrando ar Dyfan, pan fedrech chi
fod allan yn chwarae?

Tudur Budr

'Nawr,' meddai Dyfan, 'mae Miss Jones wedi gofyn i mi ethol capten i'r tîm. Dwi'n meddwl y byddwn ni i gyd yn cytuno pwy ddylai hwnnw fod.'

'Pwy?' gofynnodd Dona.

'Wel, fi, siŵr iawn,' meddai Dyfan.

'Pam ti?'

'Gan mai fi yw'r mwyaf galluog,' broliodd Dyfan.

'Y mwyaf diflas, debycach,' mwmialodd Tudur.

Cafodd ei anwybyddu gan Dyfan. 'Bydd sesiynau ymarfer a pharatoi yn cael eu cynnal bob amser cinio, gan ddechrau heddiw.'

'Pob amser cinio?' cwynodd Eifion. 'Sut fedrwn ni ymarfer at gwis?'

'Trwy ateb cwestiynau prawf, wrth gwrs,' meddai Dyfan. 'Mae Miss Jones wedi benthyca hwn i mi.' Estynnodd i'w fag a thynnu ohono

Tudur Budr

Llyfr Mawr y Meddwl: Cant o Gwestiynau Hwyliog!

'O'r gorau, mi wna i fod yn gwis feistr,' meddai.

'Felly pwy fydd yn dy brofi di?' holodd Dona.

'Neb, gan mai fi yw'r capten a gen i mae'r llyfr,' meddai Dyfan. 'A beth bynnag, does dim angen yr ymarfer arna i. Tudur, mi gei di fynd yn gyntaf gan mai ti yw'r twpaf. Eifion, amsera di. Mae gennyt ti funud.'

Tudur Budr

Gosododd Eifion yr amserydd yn barod ar ei oriawr.

'Dona, cadwa di'r sgôr. Ar eich marciau . . . Barod . . . ?' meddai Dyfan, gan ddewis tudalen o'r llyfr. 'EWCH . . . ! Duw beth oedd Hades?'

'Erioed wedi clywed am y boi,' atebodd Tudur.

'Mae'n dduw Groegaidd, y ffŵl, fel Zews a Mars.'

'Ai bar o siocled yw hwnnw?' gofynnodd Tudur.

'Beth?'

'Mars.'

'Ie! Na! Fi sy'n holi'r cwestiynau!' meddai Dyfan, yn ddryslyd.

'Wel, pam wyt ti'n gofyn cwestiynau i mi am bethau nad ydw i'n gwybod dim amdanyn nhw?' pwdodd Tudur. 'Pam na ofynni di am bethau dwi *yn* gwybod amdanyn nhw?'

Ochneidiodd Dyfan. 'Cwestiwn nesaf . . .'

Tudur Budr

'Amser ar ben!' gwaeddodd Eifion.

'Yn y rownd ddiwethaf, Tudur, chefaist ti ddim un cwestiwn yn iawn, ac felly dy gyfanswm sgôr di ydi . . . Dim!' cyhoeddodd Dona.

Moesymgrymodd Tudur. Curodd Eifion ei ddwylo.

'Ie, ie, doniol iawn,' gwgodd Dyfan. 'Mi fyddi di'n dda – da i ddim.'

Tudur Budr

Ar ôl ysgol, aeth Tudur am dro i weld ei nain. Dywedodd bopeth wrthi am gystadleuaeth y Cwis Iau ac am Miss Jones yn ei ddewis fel aelod o'r tîm.

'Mae hynny'n ardderchog, Tudur!' meddai Nain.

'Na, mae o'n ofnadwy,' atebodd Tudur. 'Dwi'n anobeithiol mewn unrhyw gwis ac mae Miss Jones yn disgwyl i ni ennill.'

'Wel, hwyrach y gwnewch chi lwyddo,' meddai Nain.

'Dim gobaith!' cwynodd Tudur. 'Ni sy bob blwyddyn!'

Ochneidiodd Nain. 'Dyma i ti syniad, meddai. 'Beth am i ni alw heibio'r llyfrg dewis ambell lyfr a allai dy helpu di.'

Fedrai Tudur ddim gweld sut allai lly ei helpu, ond doedd ganddo ddim syr gwell i'w cynnig.

Tudur Budr

Yn y llyfrgell aeth Nain ag o i fyny'r grisiau i Adran y Plant.

'Felly, pa fath o bethau mae gen ti ddiddordeb ynddyn nhw?' holodd.

Cododd Tudur ei ysgwyddau. 'Llwythi o bethau,' meddai. 'Mwydod, gwlithod, cynrhon, bomiau dom . . .'

'Hmm,' meddai Nain. 'Dydw i ddim yn meddwl y bydd bomiau dom yn dy helpu mewn cwis.'

Tudur Budr

Edrychodd Tudur ar hyd y silffoedd – allai o byth ddarllen yr holl lyfrau hyn. Waeth iddo dderbyn y peth – roedd y cwis am fod yn un trychineb mawr. Roedden nhw'n siŵr o golli o gannoedd o farciau a byddai Miss Jones yn ei feio fo, fel arfer. Dilynodd Tudur ei drwyn ar hyd y silff hir o lyfrau. *Brenhinoedd a Breninesau Balch, Ffosiliau Ffantastig, Blas ar y Blodau* . . . Aros funud, beth oedd hwn?

'Nain!' galwodd Tudur. 'Ga i fynd â hwn adref efo fi?'

'Wrth gwrs!' atebodd Nain. 'Beth ydi o?'

Cododd Tudur y clawr yn uchel, fel ei bod yn gallu ei ddarllen.

PAM mae baw trwyn yn wyrdd? 101 o FFEITHIAU ar gyfer darllenwyr dewr

PENNOD 3

Am y pythefnos canlynol, bu'r tîm yn cyfarfod
bob amser cinio er mwyn ymarfer. Doedd
pethau ddim yn gwella. Cwynai Dyfan ei fod
yn arwain tîm o ffyliaid, er bod Dona ac Eifion
yn weddol dda. Yn anffodus, fedrai neb
ddweud yr un peth am Tudur. Yr un tro
hwnnw pan lwyddodd i gael ateb yn gywir,

Tudur Budr

rhedodd o amgylch yr ystafell yn bloeddio a'i grys-T dros ei ben.

Yn rhy fuan o lawer, daeth diwrnod Cystadleuaeth y Cwis Iau. Roedd Pen-cae wedi cael eu dethol i wynebu un o dimau terfynol y llynedd, Ysgol Heigion. Wrth i'r bws barcio, rhythodd Tudur yn gegagored ar yr ysgol hynafol yr olwg. Roedd Miss Campus, un o'r athrawon, yn aros amdanyn nhw i'w cyfarch wrth y drws.

'Miss Jones, croeso!' meddai gan wenu o glust i glust. 'Ac mae'n rhaid mai'r rhain yw aelodau eich tîm cwis chi!'

'Ie,' atebodd Miss Jones. 'Dyma Dyfan, Dona, Eifion a . . . paid â gwneud hynna, Tudur, os gweli di'n dda.'

Tynnodd Tudur ei fys o'i drwyn. Sychodd o yn ei siwmper i brofi nad oedd wedi anghofio sut oedd ymddwyn yn barchus.

'Wel,' meddai Miss Campus yn fywiog,

Tudur Budr

'dwi'n siŵr eu bod nhw'n fwy peniog nag
y maen nhw'n ymddangos. A gaf i gyflwyno
ein tîm ni i chi? Dyma Gwydion, Meirion,
Tanwen a Hefina. Maen nhw'n edrych ymlaen
yn arw at eich curo . . . mae'n ddrwg gen i,
eich cyfarfod chi, rydw i'n feddwl.'

   Ysgydwodd tîm Ysgol Heigion eu dwylo'n
ddifrifol. Roedden nhw'n gwisgo siacedi
porffor glân a thei bob un wedi'i glymu'n
berffaith. Tybiai Tudur eu bod yn edrych fel
petaen nhw'n perthyn i'r un teulu – teulu
Frankenstein.

Tudur Budr

Am ddau o'r gloch, dechreuodd bobl heidio
i'r neuadd ar gyfer y cwis. Eisteddai'r ddau
dîm gyferbyn â'i gilydd ar y llwyfan. Eisteddai
aelodau tîm Ysgol Heigion yn gefnsyth. Roedd
aelodau tîm Pen-cae yn gwingo'n aflonydd yn
eu seddau. Roedd Miss Jones yn eistedd yn y
rhes flaen wrth ymyl Miss Prydderch. Roedd
y neuadd yn prysur lenwi gyda chefnogwyr
o'r ddwy ysgol. Ystyriodd Tudur y byddai nawr
yn amser da iddo gymryd y goes a rhedeg o'r
neuadd. Plygodd Dyfan Gwybod-y-Cyfan yn
ei flaen i drafod tactegau gyda'i dîm.

'Cofiwch,' sibrydodd. 'Fi ydi'r capten, ac felly
gadewch i mi ddelio â'r cwestiynau.'

'Ia, ond beth os nad wyt ti'n gwybod yr
atebion?' holodd Tudur.

Rholiodd Dyfan ei lygaid. 'Dwi'n gwybod
beth ydw i'n ei wneud, coelia di fi,' meddai.

Tudur Budr

Edrychodd Dona ac Eifion yn bryderus ar ei gilydd. Ond roedd hi'n rhy hwyr i ddadlau erbyn hyn. Roedd Miss Campus wedi eistedd yn ei chadair ac roedd y cwis ar fin dechrau. Pylodd golau'r neuadd. Tawelodd sgwrsio'r gynulleidfa. Dechreuodd Miss Campus drwy egluro'r rheolau.

Tudur Budr

'Y tîm cyntaf i ganu'r gloch fydd yn cael
y cyfle i ateb,' esboniodd. 'Os cewch chi'r ateb
yn anghywir, bydd y cwestiwn yn cael ei
gynnig i'r tîm arall.'

Nodiodd pennau'r ddau dîm. Dechreuodd
Cystadleuaeth y Cwis Iau.

'Am beth mae'r llythrennau AS yn sefyll?'
gofynnodd Miss Campus.

Tudur Budr

DING!

'Afal sur!' gwaeddodd Dyfan.

'Na, dwi'n cynnig y cwestiwn i'r tîm arall,' meddai Miss Campus.

'Aelod Seneddol,' atebodd Gwydion.

'Cywir! Pwy ddyfeisiodd y ffôn?'

DING! Dyfan oedd gyntaf unwaith eto.

'Ym ...' mwmialodd, â'i wyneb yn cochi. 'Ym ... dwi'n meddwl mai ...'

'Amser ar ben,' cyhoeddodd Miss Campus. 'Ysgol Heigion?'

'Alexander Graham Bell,' atebodd Gwydion.

'Cywir!'

PENNOD 4

Daeth cwestiwn ar ôl cwestiwn. Erbyn rownd tri, roedd Pen-cae yn colli'n druenus o 18 pwynt i 1. Roedd Dyfan wedi ateb pedwar cwestiwn ar bymtheg, ac wedi cael deunaw yn anghywir.

'Beth wyt ti'n ei wneud?' cwynodd Dona, wrth gael eu diod yn ystod yr egwyl.

Tudur Budr

'Mae'n rhaid i ni ganu'r gloch yn gyntaf neu mi gollwn ni!' meddai Dyfan.

'Ry'n ni yn colli,' ebychodd Tudur.

'Does dim diben canu'r gloch yn gyntaf os nad wyt ti'n gwybod yr ateb!' cwynodd Eifion.

'Nid fy mai i ydi hynny!' grwgnachodd Dyfan. 'Mae'r cwestiynau'n rhy anodd!'

'Wel, os byddi di'n cario mlaen fel hyn, maen nhw'n siŵr o roi crasfa i ni,' rhybuddiodd Tudur.

'Ydyn, a Miss Jones hefyd,' ychwanegodd Eifion.

Trodd pob un i edrych ar eu hathrawes ddosbarth, a oedd â golwg sur ar ei hwyneb.

'Gad i mi neu Eifion ateb am unwaith,' meddai Dona.

'A beth amdana i?' holodd Tudur.

'Ym, wel, ia, tithau hefyd,' meddai Dona. 'Dim ond os wyt ti'n sicr o'r ateb, cofia.'

Tudur Budr

Dechreuodd rownd pedwar. Rownd
y llyfrau.

'Pwy ysgrifennodd *Dirgelwch yr Ogof*?'

DING!

Dona oedd gyntaf i ganu'r gloch.
'T. Llew Jones,' atebodd.

'Cywir!'

'Beth yw enw mam
Norman Preis?'

DING!

Roedd y bwrdd sgorio'n
prysur newid. Tair rownd yn ddiweddarach,
doedd tîm Ysgol Heigion ddim yn edrych
mor hyderus. Diolch i Dona ac Eifion, roedd
Pen-cae wedi cau'r bwlch i dri phwynt yn
unig, gyda'r sgôr yn 34 pwynt i 31. Doedd
Tudur yn dal ddim wedi dweud gair, dim ond
unwaith i ofyn am gael mynd i'r toiled. Roedd
popeth nawr yn dibynnu ar y rownd derfynol.
Eisteddai'r ddau dîm ar flaen eu seddau.

Tudur Budr

'Mae ein rownd derfynol am y corff dynol,'
meddai Miss Campus.

Sythodd Tudur yn ei sedd a thalu sylw.
Dyma'i gyfle. Roedd o wedi bod yn darllen
Pam mae Baw Trwyn yn Wyrdd? a oedd yn sicr
yn perthyn i gategori'r corff dynol.

'Beth yw *saliva*?' holodd Miss Campus.

DONG!

'Afiechyd?' cynigiodd Gwydion.

'Na, mae gen i ofn dy fod ti'n anghywir.'

'Dwi'n gwybod!' gwaeddodd Tudur. Canodd
y gloch. 'Poer!'

'Cywir,' meddai Miss Campus. 'Pa ran o'r
corff sydd â miliwn o chwarennau chwys?'

DING!

'Y traed!' gwaeddodd Tudur.

'Cywir. Mwy o beth sy'n cael ei gynhyrchu
pan ydych yn ofnus?'

DING!

'BAW CLUST!' llefodd Tudur.

Tudur Budr

Rhythodd cyd-aelodau ei dîm arno. Doedd bosib fod Tudur yn iawn y tro hwn.

'Cywir!' meddai Miss Campus. 'Beth –'

BIB! BIB! BIB!

Torrwyd ar ei thraws gan yr amserydd, yn dod â'r cwis i ben. Roedd y sgôr yn gyfartal gyda 34 pwynt yr un. Cyhoeddodd Miss Campus y byddai'r pencampwyr yn cael eu dewis drwy holi un cwestiwn arall.

'Y sawl sy'n llwyddo i'w ateb yn gywir fydd yn ennill,' meddai gan syllu ar dîm Ysgol Heigion.

Plygodd y ddau dîm yn agosach ati i wrando, â'u bysedd ar y gloch. Roedd Miss Jones yn brathu ei hewinedd.

'Beth oedd y Rhufeiniaid yn ei ddefnyddio fel past dannedd?' gofynnodd Miss Campus.

Tudur Budr

Aeth y neuadd yn gwbl dawel. Roedd saith wyneb yn edrych yn syn, yn amlwg heb syniad. Caeodd Tudur ei lygaid, yn ceisio cofio. Past dannedd, beth oedd y Rhufeiniaid yn ei ddefnyddio fel past dannedd – roedd o wedi darllen am hyn yn rhywle. Roedd ganddo rywbeth i'w wneud â gwiwerod neu fochdewion neu . . .

DONG!

'Ai iogwrt yw'r ateb?' gofynnodd Hefina.

'Na. Pen-cae, fedrwch chi gynnig ateb i mi?'

Trodd pawb i gyfeiriad Tudur. Agorodd ei lygaid.

'YMENNYDD LLYGOD!' gwaeddodd.

'YYYYYYCH!' ochneidiodd y gynulleidfa. Rhoddodd Miss Jones ei phen yn ei dwylo. Roedd yn rhaid i Tudur ddifetha'r cyfan.

Tudur Budr

Anadlodd Miss Campus yn ddwfn. 'Cywir,' meddai. 'Pen-cae yw'r enillwyr.'

Daeth bloedd fyddarol gan ysgwyd y neuadd. Roedd Dyfan Gwybod-y-Cyfan yn gegrwth. Cofleidiodd Miss Jones a Miss Rhydderch ei gilydd cyn dechrau dawnsio o amgylch yr ystafell. Am y tro cyntaf erioed, roedd Pen-cae wedi ennill cystadleuaeth cwis, a Tudur, o bawb, oedd wedi ateb y cwestiwn tyngedfennol. Rhedodd o amgylch y llwyfan dan weiddi, hyd nes iddo gael ei gario oddi arno fel arwr gan ei gyd-aelodau o'r tîm.

Tudur Budr

'Wel, mi wnaethon ni lwyddo,' meddai Eifion, wrth iddyn nhw adael y neuadd ymhen hir a hwyr.

'Do,' meddai Tudur. 'Diolch i'r drefn fod y cyfan drosodd.'

'Tan y tro nesaf,' meddai Miss Jones.

Rhythodd Tudur arni. 'T-tro nesaf?'

'Wrth gwrs,' eglurodd Miss Jones. 'Dim ond y rownd gyntaf oedd hon. Mae yna chwe rownd arall cyn cyrraedd y rownd derfynol!' Curodd Tudur yn galed ar ei gefn. 'Ac ry'n ni i gyd yn dibynnu arnat ti, Tudur!'